MW00462347

CONGO

DU MÊME AUTEUR

LE CHASSEUR, Michalon, 1999.
BOIS VERT, Léo Scheer, 2002.
TOHU, Léo Scheer, 2005.
CONQUISTADORS, Léo Scheer, 2009 ; Babel n° 1330.
LA BATAILLE D'OCCIDENT, Actes Sud, 2012 ; Babel n° 1235.
CONGO, Actes Sud, 2012 ; Babel n° 1262.
TRISTESSE DE LA TERRE, Actes Sud, 2014 ; Babel n° 1402.
14 JUILLET, Actes Sud, 2016 ; Babel n° 1559.
L'ORDRE DU JOUR, Actes Sud, 2017.
LA GUERRE DES PAUVRES, Actes Sud, 2019.

© ACTES SUD, 2012
ISBN 978-2-330-03419-1

ÉRIC VUILLARD

CONGO

récit

BABEL

Devine où je te dévore.

Le Sphinx

Regarde ! Ce sont les puissances d'Europe telles que Dieu les a faites et telles que moi j'ai époussété leurs os et tendu leur peau toute blanche. Elles faisaient bien ce qu'elles voulaient de leurs domestiques et de leurs nègres, eh bien moi, je dispose de leurs grandes carcasses héroïques ; j'en fais ce qui me plaît. Je les ressuscite et je les montre, là, comme des singes de cirque, grands singes vainqueurs dans un océan de misère.

Et à quoi cela sert ? A nous rassasier de chagrin et de fureur. Nous sommes à la conférence de Berlin, en 1884, on se partage l'Afrique et les diplomates nous prêtent pour quelques heures leurs beaux costumes et les inflexions de leurs voix.

Car on est venu au monde à la fois prince et nègre, à la fois riche et pauvre, oui, riche à millions ; personne n'est venu au monde autrement que de deux manières.

*On est venu au monde à la fois prince
et nègre, et on le sait bien tout au fond
de soi.*

*Regarde ! Si tu as soif, les rivières vien-
nent à toi ! Si tu es affamé, voici le pain
amer des hommes ! Et si on t'a fermé la
bouche, ta plaie parle toute seule !*

LA COMÉDIE

LES FRANÇAIS s'emmerdaient, les Anglais s'emmerdaient, les Belges, les Allemands, les Portugais et bien d'autres gouvernements d'Europe s'emmerdaient ferme, et puisque le divertissement, à ce qu'on dit, est une nécessité humaine et qu'on avait développé une addiction de plus en plus féroce à ce besoin de se divertir, on organisa, pour le divertissement de toute l'Europe, la plus grande chasse au trésor de tous les temps. Deux ou trois siècles avant, l'Europe s'était déjà jetée sur le monde une première fois et, dans la grâce de ce premier appétit, le Vieux Continent s'était donné plusieurs empires outremer ; et puis le temps était passé, les peuples avaient pris leur indépendance et une fois digéré cet échec, l'Europe s'était de nouveau éveillée, reprenant soudain goût à la conquête. Les yeux s'étaient tournés cette fois-ci aux quatre coins de l'horizon, car à présent on connaissait plus précisément les limites du monde et c'était à l'intérieur de ces limites qu'on se taillerait une part. Terminés les explorations hasardeuses, les voyages en caravelles, les longues expéditions vers des terres inconnues. Désormais, le télégraphe et la vapeur allaient être les instruments du succès. C'est eux qui, tels des demi-dieux, parcourraient le monde, non plus à la recherche des épices ou de l'or, mais afin que s'accomplisse la promesse, l'ultime transmutation des hommes et de la terre en cette matière ductile et infiniment exploitable que nous connaissons. Le monde entier devint soudain une ressource. Ce fut le dernier émerveillement, l'assouvissement de toutes nos soifs.

Tout ça se fit d'abord dans le désordre. On ne saurait dire quand la chose commença, ou recommença. L'Angleterre avait pris un peu d'avance, les anciens empires se désagrégeaient lentement. On vit toujours entre deux mondes, entre deux moments de l'Histoire, entre deux courants qui s'affrontent et ne l'emportent jamais définitivement l'un sur l'autre, comme si nos forces, nos contradictions intérieures, luttaient là, devant nous, pour nous offrir le spectacle sanglant de nos démêlés dérisoires.

Très vite, le souci de mieux faire s'affirma. Cela valait le coup de s'entendre,

on perdrait moins de temps. Or, bizarre-
ment, ce ne furent ni les Français ni les
Anglais qui organisèrent l'indispensable
négociation qui devait fixer entre les con-
quérants un code de bonne conduite, ce
fut Bismarck, le chancelier d'un empire
tout à fait débutant en la matière, sans
expérience coloniale, qui convia treize
des nations les plus déterminées. Celui
qui devait donner son nom à une manière
d'accommoder le hareng, à un colorant
aux propriétés chimiques extraordinaires
et au *Bismarckia* qui est un bouquet de
feuilles au sommet d'une tige fibreuse,
autrement dit une sorte de palmier, lui en
l'honneur de qui seront baptisés un ar-
chipel, plusieurs montagnes, une mer et
même – ne me demandez pas pourquoi –,
la capitale du *North Dakota*, triste Etat
du Midwest des Etats-Unis, bled comptant
à peine plus d'habitants que Bourg-en-
Bresse, celui donc en l'honneur de qui
toutes ces choses allaient prendre ou
avaient déjà pris *son* nom, convia à Berlin la France, le Royaume-Uni, les Etats-
Unis, le Portugal, l'Autriche-Hongrie, la
Belgique, le Danemark, l'Espagne, l'Italie,
les Pays-Bas, la Russie, la Suède et la Tur-
quie, en plus des innombrables mala-
dies qui l'accompagnaient lui-même tous
les jours, rhumatismes, colite chronique, brû-
lures d'estomac, inflammation des veines,

insomnies et j'en passe, afin, *au nom du Dieu Tout-Puissant, de régler, dans un esprit de bonne entente mutuelle, les conditions les plus favorables au développement du commerce et de la civilisation dans certaines régions d'Afrique*, ainsi que le rappellera l'acte final en date du vingt-sixième jour du mois de février mil huit cent quatre-vingt-cinq, signé par von Bismarck, van der Straeten-Ponthoz, Henry Sanford, Chodron de Courcel, Edward B. Malet, et neuf autres clampins qui, selon, apposèrent leur calligraphie gothique ou leurs pattes de mouche.

On n'avait jamais vu ça. On n'avait jamais vu tant d'Etats essayer de se mettre d'accord sur une mauvaise action. Il avait fallu bien de la puissance à l'Allemagne et bien de l'habileté à Bismarck pour faire venir tout ce beau monde et ordonner cette conférence. A coup sûr, c'était un acte politique d'envergure.

LE PALAIS RADZIWILL

LE SAMEDI 15 novembre 1884, on se retrouva. Les plénipotentiaires vêtus de fracs pénétrèrent lentement dans le grand salon. Les lustres éclairaient les boiseries, les grandes portes-fenêtres faisaient également leur travail. Les cannes heurtaient délicatement le parquet, on s'inclinait, on se saluait à voix basse, on tournicotait gentiment autour de la table. Les tables sont apparues très tôt dans l'histoire des hommes, mais ce sont d'abord des planches amovibles, posées sur des tréteaux, et ce n'est qu'à la Renaissance qu'apparaît *la* table que nous connaissons, celle qui se trouve au milieu du grand salon du palais Radziwill, le 15 novembre 1884, à Berlin. On sait qu'une valeur émotive s'y attache, que la table est synonyme de foyer, car c'est autour de la table que la famille se réunit, et elle signifie pour nous – qui ne sommes pas de la culture du tapis – l'union et le partage.

En coulisses, une armée de domestiques s'affaire. On se tient prêt à servir, à contribuer au raffinement et à l'heureux fonctionnement de la conférence. Les domestiques de Berlin sont de haut *standing*, habitués à se taire, à obéir.

C'est en 1869 que ce palais avait été acheté par le royaume de Prusse à l'initiative de Bismarck. C'est que la Wilhelmplatz où se trouve le palais était bien agréable, bordée d'arbres, telle que l'avait redessinée le bon Schinkel, avec son jardin au centre coupé par deux chemins formant un grand X : la croix de l'homme moderne. Schinkel est un architecte imbécile qui a dessiné tout un tas de machins et notamment un projet pour les Grecs, mais Dieu merci, les Grecs n'ont pas suivi Schinkel et son projet de restructuration de l'Acropole en palais royal, double hérésie. Et à part les pillages que lui ont fait subir les musées de Londres et de Berlin, la ruine est restée ce qu'elle était.

En 1884, le palais Radziwill vient tout juste d'être rénové. La conférence de Berlin sera sa crémaillère. Le palais est un vaste ensemble rococo, style fleuri et ludique, où la décoration enveloppe la vie comme si la coquille ou la peau étaient l'expression de l'âme elle-même. Tout y est raffiné, fantaisiste. Et c'est entre les anges joufflus et les courbes de *shell*, dans cette superficialité étouffante, paludéenne, dans ce déchaînement de frivolité, parmi une prolifération de stucs, lianes de plâtre, flammes de verre, au milieu de cette prospérité monstrueusement légère, de cette inexpression foisonnante, de ce désir inouï de ne rien dire mais de ruminer, de racasser, de remuer sa paille dans son verre, avec toute cette sexualité qui s'ignore et s'expose ingénument, vases chinois, mandarines, fouillis de branches et de griffes, rondes de satyres, espiègleries hideuses de petits monstres, qu'on va se pencher sérieusement sur le destin du monde et chuchoter d'énormes calculs.

C'est que la décoration joue son rôle dans l'Histoire. Et pas un petit rôle de rien du tout ! Un rôle insidieux fantastique de sphinx. Est-ce que ce n'est pas aux miroirs et aux tables qu'on pose les plus brûlantes questions ? On couche son oreille contre les coquillages ; enfant, on s'imagine vivre dans une petite grotte ; le rococo est en somme l'addition effarante de tous nos rêves, miroitement ininterrompu où, du même coup, la vie s'efface et se pétrifie.

Mais de tout ça aujourd'hui, des lustres, des vases, des fresques peintes par X, il ne reste rien. La légèreté a été pulvérisée par les bombes. Le joli petit palais a été occupé par Hitler dès 33, et sous la grande salle de réception, il a fait creuser un grand trou pour installer son *Vorbunker*, puis un peu plus loin et plus bas le *Führerbunker*, car d'année en année il semble qu'il faille s'enterrer plus profond, comme ces morts qui, dit-on, se creusent chaque jour une nouvelle tombe plus loin, avant d'être aspirés, tout au fond, par la lave.

Et c'est dans ce trou, à plus de huit mètres sous les pelouses du jardin de la Chancellerie, qu'on transportera les plus beaux tableaux, les plus beaux meubles du vieux palais. Ce fut le dernier repaire des monstres, et pas des petits monstres de plâtre, non, des vrais de vrais, les pires de tous. C'est là que Goebbels empoisonna sa nichée, c'est là que les grands diables ont gobé leur petite capsule de cyanure, fuyant l'apocalypse avant le Jugement.

On n'a peut-être jamais tant bombardé un endroit que celui-là. Les quelques centaines de mètres carrés au sol du vieux palais ont été chacun pilonnés par des tonnes de mortiers, jusqu'à ce que les bunkers cèdent, jusqu'à ce que les mètres cubes de béton crèvent et ne laissent que d'énormes ossements de dinosaures.

LES CHODRON

CHACUN évitait de se montrer trop pro-
lixe ; même ce vieux salonard de ma-
chin-truc-chose, si bavard lorsqu'il est ivre,
se cantonne à des lieux communs sur la
place Wilhelm, sur les actualités du temps,
les faits divers. On devine chez tous un
grand souci de la toilette. On a dû leur
savonner longuement les oreilles, les joues.
Ils ont fait leurs ablutions puis ils ont pris
soin d'essuyer le moindre recoin de leur
visage. Ensuite, chacun s'est levé, enfilant
son caleçon, puis son frac, avant d'ajuster
devant la glace son plastron – reliquat de
cuirasse à la poitrine des hommes d'affaires.

Mais c'est surtout le nez qui, chez eux,
est remarquable. Bien sûr, leurs oreilles
toutes brillantes sont quelque chose ; leur
front hardi, leur regard soutenu font honneur au pays qu'ils représentent. Pourtant,
l'essentiel de leur allure tient à la façon

dont leur épine dorsale se prolonge et s'achève par le nez. Etrange anatomie. Toute la lumière du monde, c'est-à-dire celle des cent quinze bougies du salon, brille à la surface d'un millimètre de cartilage.

Et voici Alphonse Chodron de Courcel, un des nez les plus splendides du monde ! L'homme marche à pas très lents, enveloppé de je ne sais quelle pensée profonde. Mais en réalité, si on se penche sur son crâne et qu'on y fait un petit trou de chignole, on aperçoit sa cervelle toute blanche et dedans on parvient, jetant un coup d'œil, à dénicher un linéament de sa pensée. Et l'on devine soudain qu'il est en train de songer, tout simplement, à l'entretien de son parc ; il se demande si les jardiniers ne négligent pas un peu de tailler les massifs, les petites pyramides de buis autour de la rotonde. Mais on ne sait pas s'il pense au parc du château d'Athis ou à celui d'Avaucourt, qui n'est pas mal non plus, plutôt maison de notable que château, avec tout de même, en plus du bâtiment principal, parc, nymphée, bassin et théâtre. Ça ne peut pourtant pas être celui d'Avaucourt, impossible, il ne l'achètera que beaucoup plus tard, je crois, à moins que ce ne soit son fils. Peu importe, il pense à l'une de ses propriétés, à un joli jardin, à une pelouse mal tondue, à un parterre de fleurs. Car on est grand homme de cette façon-là, un peu châtelain, un peu poète ou jardinier, un peu homme d'affaires, président du conseil d'administration de telle ou telle compagnie, prince de la chaussure, négus du charbon, énorme grenouille.

C'est donc sûrement au parc du château d'Athis que Chodron de Courcel pense en traînant ses savates dans le grand salon du palais Radziwill ; il rêve à ses merveilleux jardins suspendus au-dessus de la Seine.

Et Chodron, quel drôle de nom tout de même ! On dit que les Chodron sont en général grandets et maigres, que leur démarche est nerveuse, précipitée, que leurs pommettes sont rieuses, leurs yeux profonds, qu'ils semblent sans cesse avoir quelqu'un à leurs trousses ! On dit que les Chodron sont à l'aise dans tous les métiers de salive : bavassier, vente à la criée, porte-à-porte, enseignement, politique, le choix est vaste. Les Chodron détestent la routine et le travail contraint, ils ont horreur de la monotonie des tâches ménagères, et il est exact que Chodron de Courcel n'était pas très assidu au ménage, ce qui tend à prouver le bien-fondé des remarques qui précèdent. Les Chodron, précise encore le Docteur dans sa voyance de l'amour, sont assez femelles – sensibles à la flatterie comme aux critiques ; plus ils ont de soucis, plus ils dépensent.

Et tout cela vient d'un Chodron fait, en 1867, baron de Courcel, de Port-Courcel sur la Seine, à Vigneux. Mais je me trompe peut-être, et ça m'est égal. Tout ce que je crois savoir, c'est qu'avant un certain Jules ou Jules-Louis – mais c'est peut-être un autre –, on ne trouve plus vraiment la trace des Chodron, ils rentrent dans le lot indiscernable des petites volontés, ils se font minuscules, anonymes, leur joli nom retombe auprès de la grosse marmite d'où il est sorti – baquet à boyaux.

Bien sûr, les Chodron de Courcel d'aujourd'hui s'indigneront et protesteront qu'ils ne sont pas de ces Chodron-là, de ces petits Chodron de rien du tout, qu'ils viennent d'un autre Chodron, qu'on le trouve quelque part dans *Les Métamorphoses* d'Ovide, quittant l'Apulie en compagnie de Vénulus ; mais nous, on s'en fiche pas mal de l'Apulie et de Vénulus. Que les Chodron de Courcel nous abandonnent donc les petits Chodron, ceux de l'annuaire, ceux d'Aubervilliers et de Brignoles, ceux qui travaillent comme cadres catégorie D de je ne sais quelle administration de province, les Chodron du trimard, ceux qui traînent en taule, dans les asiles pour vieux, les dingos aussi, tous ceux-là, nous les préférons à n'importe lequel des grands Chodron de l'Histoire. Car ce sont ces Chodron-là qui ont ressemelé nos chaussures pendant que nous leur servions à boire, et ce sont eux, encore, qui faisaient nos lits pendant que nous rincions le mufle de leurs vaches. Nous sommes de la même espèce, eux et nous, et nous préférons n'importe lequel de ces premiers Chodron à tous les héros de l'Histoire de France.

Pourtant, il faut bien avouer que le Grand Chodron, Alphonse Chodron de Courcel, était tout sauf antipathique. Ce sont Ferry et Gambetta – le commis voyageur, celui qui fit le tour de France sur des tréteaux pour convaincre le peuple des bienfaits de la démocratie, l'homme au ballon dirigeable, le Phileas Fogg de la République – ce sont eux qui avaient mandaté Chodron à Berlin. Car Chodron était habile, oui, et sûrement un peu mieux que ça, il était tout entier diplomate, comme certaines bêtes furent diplodocus ou diplocoque. Il avait le don de sourire et de penser en même temps ; et derrière ses grosses moustaches aimables, il y avait des fils qui reliaient chacune de ses fossettes aux dendrites de ses neurones. Il savait bavarder, aimanter l'attention, donner une impression favorable, inspirer confiance. Sa condescendance pouvait passer pour une forme

de sagesse, ses airs patelins faisaient par-
donner ses absences. A ses côtés, on se
remémorait la grande maison basse qui sen-
tait le bois, les bonnets d'ardoise, l'alouette
qui chante. On n'est cependant pas forcé
d'y croire.

LE LIBRE-ÉCHANGE

LE PREMIER à parler, après la présentation du chancelier Bismarck, ce fut l'Anglais, Sir Edward Malet. Il évoqua le bien-être des indigènes, vanta le libre-échange mais parla de le contrôler, puis déclara d'un même élan l'Angleterre favorable à la liberté du commerce dans le bassin du Congo ; on s'y attendait. C'est que là-bas, au Congo, l'Angleterre n'a rien, pas un pet de terre, il lui serait donc avantageux de pouvoir y commercer librement ; on est rarement protectionniste chez les autres.

Mais la liberté du commerce a une histoire.

Les physiocrates, ses premiers défenseurs, ne comprenaient pourtant rien à tout ça, mais alors rien du tout ! Ils rêvaient une économie pastorale, seule capable de laisser, à la fin, un produit net, un surplus. Et tout le reste était stérile, voué aux gémonies. Pourtant, ils prirent parti pour la liberté du commerce, les premiers, dans une affaire de grains. Les idées des physiocrates sont assez sommaires, ils sont contre toute forme de restrictions gouvernementales en matière de commerce, pour la seule et unique raison qu'il faut laisser faire la nature humaine, laisser agir chacun à sa guise afin que le bien-être se produise spontanément.

Voilà l'idée : le libre-échange fera miracle par lui-même. Il ne faut pas intervenir, on envenimerait tout ! Et Quesnay, le plus célèbre d'entre les physiocrates, finira ses jours en cherchant la trisection de l'angle et la quadrature du cercle, étayant par des raisonnements délirants que "la diagonale du carré et son côté ne sont pas incommensurables". Il finit fou.

Puis vint cette grosse baderne de Smith, excentrique mais dont les idées n'étaient pourtant rien moins qu'ordinaires et qui fit, avec des pensées qu'on trouvait alors partout, un ouvrage capable de satisfaire à peu près tout le monde.

Turgot, qui s'appelait Anne, était baron d'Aulne, tout ça est bien joli. Il s'attaqua aux maîtrises et aux jurandes qui pourrissaient depuis si longtemps dans leur pot. Il fut l'introducteur en France du libre-échange.

Voilà pour les ancêtres. Et Malet, le plénipotentiaire de Sa Majesté la reine, est un héritier de cette histoire, et il radote son vieux couplet.

Mais il y a une autre histoire, une histoire plus concrète, une histoire plus large que celle du libre-échange et qu'on pourrait prendre par n'importe quel bout et qui déroulerait devant nous sa pelote, toute sa série d'aventures et de profits, sa longue suite de droits affermés par les princes, ses compagnies commerciales, ses monopoles, et puis – soudain – ses milliers de petites ficelles : Initiative privée ! Dérégulation du trafic ! Concurrence !

Ah ! peu importe au fond qu'il s'agisse de mercantilisme ou de libre-échange, peu importent les entraves et les libertés, les licences, les contrats et les dessous-de-table, ce qui compte en définitive, ce n'est pas cette vieille bête de libre-échange que réclament ceux qu'il avantage, non, c'est le développement effarant des échanges eux-mêmes, la grande ivresse trans-océanique d'acheter et de vendre.

Pendant des siècles, les navires avaient fait le grand huit dans l'océan, s'arrêtant aux Açores, mouillant aux Antilles, ramassant à Sao Tomé, sur la Côte-de-l'Or ou à Gorée leur cargaison d'esclaves, puis remplissant plus loin leurs cales de barils de sucre. Pendant des siècles, les routes du progrès avaient été les mêmes, empruntant les courants marins, les vents, et dessinant chaque saison les côtés d'un même triangle reliant les trois espèces d'une communion de marchandises, de nègres et de mélasse. On était parti du Portugal, de Hollande, d'Espagne, d'Angleterre et de France, on avait négocié sur les côtes africaines sa cargaison d'hommes. Eux étaient venus captifs de Guinée, d'Angola, du Tchad, de Gambie, du Dahomey, du pays de Koush ou d'Axoum, et on les déportait à Madère, à la Barbade, au Brésil, en Caroline ou en Virginie. Il y avait eu un nombre incalculable de petites guerres, de razzias, de mauvais coups. On avait capturé, kidnappé, récolté l'impôt ou le tribut sous forme de chair. Et tout le monde s'y était mis, les rois s'y étaient mis, rois d'Oyo, rois d'Abomey, *tango-maos*, mercenaires crotteux, des peuples entiers s'étaient convertis. Les Aros, les Ioghos, les Ijaws, les Ibidjos avaient remonté les rivières en jouant du tambour ; puis ils avaient chargé les captifs dans leurs canots, et sillonnant les marais, entre les grandes araignées végétales, ils avaient rejoint les estuaires et renversé sur le sable leurs brouettes d'hommes.

Au matin, des inconnus surgissaient soudain dans le village. On ne les avait pas entendus venir. Des oiseaux blancs s'étaient envolés en criant. Il ne faisait pas encore chaud. En les apercevant, les jeunes filles avaient crié, mais elles étaient restées immobiles, sans se défendre. Puis, ils avaient ramassé quelques jeunes hommes dans les champs, dispersés par les travaux, et, très vite, ils étaient repartis. On ne les avait jamais vus auparavant. Certains villageois avaient entendu parler de ces enlèvements. On disait qu'ils emportaient les gens très loin, qu'on ne les revoyait jamais. Et, c'était vrai, on ne les avait jamais revus. Beaucoup de temps s'était écoulé, on avait raconté mille fois l'histoire, on avait presque fait une légende de ces hommes brutaux, surgis de nulle part. Et voici qu'un matin, ils étaient revenus, sortant à nouveau de l'obscurité.

On ne devient pas négrier comme on devient libraire ou charcutier, non, il faut, comme les patrons de bar, se signaler, obtenir sa licence. Et elle prévoit tout : le nombre de captifs que l'on peut prendre, la répartition par sexe, les lieux d'achat et de vente. Tout cela est réglementé, contrôlé. Le négrier de Sao Tomé vend son bétail à une sorte d'armateur qui le revend plus loin. Tout le monde est content. Un captif s'amortit en moins de deux ans ; et il suffit de savoir lire, écrire et compter, de savoir retrancher à ce que l'on doit encaisser : l'armement du navire, les pertes éventuelles, et l'on connaît ses gains. Les compagnies disposent d'entrepôts, de flottes, de bureaux. Ce furent les premières firmes du monde moderne. Les premiers liens solides entre les continents.

Très vite, il y eut une efflorescence d'entreprises, de concessions plus ou moins régulières, une ribambelle de forts, de garnisons, de comptoirs, entretenus par des marchands. Et l'Etat encouragea, encadra la traite. Il fit même mieux, il la subventionna. S'y mirent à leur tour les Suédois, les Danois, les Brandebourgeois, tout le monde ! La concurrence fut vive et l'on finit par supprimer les règles qui entravaient un développement plus rapide du commerce ; et, de nouveau, l'entreprise privée domina. Ainsi, la production et la vente d'esclaves et de coton ressemblent à une autre. Et, parce qu'elles sont plus choquantes, puisqu'il s'agit de chair humaine, on voit bien – au-delà du discrédit qu'elles jettent sur la nature de l'homme – comment elles introduisent dans le commerce, dès les premiers pas de sa destinée planétaire, une sorte de paroxysme.

*

Revenons à Malet. Il sortait d'Eton. Sir Edward Baldwin Malet était quatrième baronnet de je ne sais où, conseiller privé du Royaume-Uni, chevalier grand-croix de l'ordre de Saint-Michel et Saint-Georges, et aussi de l'ordre du Bain. Il portait la barbe courte, il était élégant. Comme Chodron de Courcel, il avait le goût des belles demeures. Ainsi, quelques années après la conférence, il acquiert le château de l'Hermitage – et pas à l'embouchure du Niger ou du Congo, non, un truc énorme, à Cap-d'Ail. L'édifice est inspiré des palais baroques, un volume en U coiffé d'un belvédère et qui ressemble à une villa géante surchargée : corniches à modillons, balustrades plantées de statues allégoriques carottées au palais Canossa de Vérone, plafond peint : le char de Phébus précédé par l'Aurore répandant des fleurs dans les brumes du matin.

Pour Edward Malet, il me semble que cela suffit : les belvédères en forme de pavillon, le portail en demi-lune ; et même si le bassin en rocaille, la cascade et l'île artificielle dans le petit étang sont des adjonctions postérieures, elles sont tout à fait fidèles au château Malet et peuvent donc, sans injustice excessive, être imputées à la démesure d'Edward Baldwin Malet.

Oh, mais je ne parle pas d'une démesure féroce, d'une *hybris* poussant aux violations sacrées, de cette nuit d'orgueil qui jette au *nefas*. Non, Malet n'a rien d'Antigone ou de Thyeste, il n'a rien d'un Charles Foster Kane, rien d'un Vanderbilt, rien d'un Aga Khan. Malet n'a aucune petite boule de neige ou de cristal à laisser échapper de ses mains, pas de vieille luge à rêver, pas de pseudo-cantatrice dans le placard, non ; Malet a seulement des titres, un portefeuille et un œil énorme parcourant les bords du monde, un œil dans une loupe.

*

Un jour, dans très longtemps, on fera sans doute le feuilleton – aujourd'hui encore approximatif et médiocre –, oui, on fera un jour le portrait des conseils d'administration et des gros actionnaires de notre époque, lorsqu'on disposera de tous les renseignements inutiles ; et on y trouvera à coup sûr *nos* Courcel et *nos* Malet ; mais il y aura mieux, il y aura parfois, comme les langues des caméléons se prolongent, ces familles tout étirées dans le temps. Ainsi, on sait bien, déjà, que la femme d'un de nos vieux cornacs, je veux parler d'un de nos présidents de la République, est une vraie Chodron de Courcel ; mais l'on sait moins que Georges Chodron de Courcel, notre contemporain et son parent, sans doute un brave monsieur, était à vingt-huit ans, en mille neuf cent soixante-dix-huit, responsable des études auprès de la direction financière de la BNP. Il est aujourd'hui, aux dernières nouvelles, membre du conseil d'administration de Bouygues, président de la Compagnie d'Investissement de Paris, de la Financière BNP Paribas, vice-président (on ne peut pas toujours être en tête) de Fortis Banksa/NV (Belgique), administrateur de Nexans, d'Alstom, de la Foncière Financière Participations, de Verner Investissements, d'Erbé SA (Belgique), du Groupe Bruxelles Lambert SA (Belgique), de Scor Holding (Suisse), et j'en passe, membre du conseil de surveillance de Lagardère SCA, censeur d'Exane, on n'y comprend plus rien, on ne sait même pas ce que sont toutes ces choses, acronymes étranges, et l'homme semble avoir tellement de fonctions, et la chose est si hermétique, qu'on en reste muet.

L'eau est noire, les lianes sont larges et longues, on n'est finalement pas très loin de l'embouchure du Niger ou du Congo : Fortis, Verner, Erbé, Scor, Exane, on dirait les figures de je ne sais quelle antiquité platonique, fuyante. On peut donc faire tant de choses ! On peut être à la fois président d'une compagnie, vice-président d'une autre, administrateur d'une troisième, et encore trouver un peu de temps pour être membre d'un conseil de surveillance, censeur, etc., etc., jusqu'à ce que le Seigneur vous demande de le suivre et de *tout* laisser ?

Oh ! je sais, on dira que ce sont des fonctions qui ne demandent qu'une vague présence, des titres plus honorifiques qu'autre chose, je connais la musique : on ferait tout ça en amateur ; on zonerait d'un siège à l'autre ; ce ne seraient que de petits emplois de dilettante…

LES EXPERTS

Ainsi, tous les mercredis, pendant des mois, les Courcel, Malet, Busch, Kusserow, Szechenyi, Lambermont, Vind, Benomar, Kasson, van der Hoeven, Penafiel, Serpa Pimentel, Kapnist, Bildt, se retrouvent invariablement, et disputent de tout ce qui concerne le bassin du Congo. Car bientôt la conférence ne tourne plus qu'autour de ça, le Congo. L'affaire du roi des Belges. On fait de la géographie, on regarde des cartes, on trace des lignes imaginaires dans des paysages de papier. Les copropriétaires discutent de millièmes qu'ils ne possèdent pas encore, des millièmes d'encre, des centimètres de carte qui représentent des territoires inouïs et inconnus. Et déjà ils pinaillent sur les réparations de la cage d'escalier, sur la façade qu'il faudra refaire, sur l'entretien des boîtes aux lettres. L'un évoque les intérêts de son pays aux environs des 5° 12' de latitude nord, l'autre parle de tracer une ligne depuis l'océan Atlantique à 1° 25' de latitude sud, une ligne allant vers l'est jusqu'à 13° 30' de longitude, puis remontant vers le nord le long du méridien jusqu'à 5° de latitude, afin d'arriver, un jour, à l'autre océan et de faire avec tout ce papier découpé au ciseau un immense pays libre, un pays de commerce – la Cocagne.

Tout ça est bien abstrait. Le conseiller technique de la délégation allemande crachote trois mots. On hoche la tête. Chacun y va de sa petite réclamation frontalière, de sa servitude de passage. On parcourt en tous sens l'Afrique à la loupe. Alors, l'œil s'écarquille. Que c'est grand ! Que c'est beau ! C'est une avalanche de formes réelles, de côtes, de forêts, de rivières, de lacs.

Regardez ces hommes en costume, assis sur leur cul de singe, contrefaisant leur propre voix, parlant au diable. Ils sont au bout du monde, à Berlin, et ils marchandent, comme les Noirs, comme les Arabes, comme n'importe qui ! Ils échangent et leurs mains tendent à la fois les choses qu'ils échangent et quelque chose de plus. Elles tendent à la fois des verroteries, des plumes et des perles, des livres sterling, du caoutchouc, et je ne sais quelle chose invisible.

*

Depuis les débuts de la conférence, on attendait avec curiosité la venue de Henry Morton Stanley. Tous ont vu les belles photos où il pose, fusil à la main, avec un petit nègre, devant trois pauvres cailloux et deux fausses plantes. Tous ont lu *Le continent mystérieux*, tous ont été avides de nouvelles lorsqu'il partit à la recherche de Livingston ; tous ont lu, médusés, le récit à cinq *cents* de ses exploits. Stanley viendra quelques mercredis offrir un échantillon de son expérience. Il leur parlera du Congo. Des rapides, de la forêt, de la brousse, des nègres. Ils l'écouteront parler comme de bons petits. Puis, une fois racontées les grandes fougères, une fois pagayé sur le Congo et le Mopopo, une fois remonté jusque je ne sais où sur une pirogue et abattus une quinzaine d'hippopotames, il leur fera une estimation claire et succincte des profits qu'ils peuvent espérer d'un retour sur investissement. Tout le monde restera baba. Après les lianes, la boue, les voici très au-dessus de la canopée, propulsés vers le ciel, heureux.

Et un instant, ils rêvent. Malet rêve en anglais, le Turc rêve en turc et Ponthoz rêve en belge. Tous rêvent. Ils installent un chemin de fer, ils bâtissent des villes, des comptoirs, oh là là ! que ça va vite avec Stanley ! avec le bon sens indécrottable de Stanley, avec son petit accent des faubourgs, avec son expérience des pirogues et des quartiers de bananes !

Mais Stanley bluffe. Ses calculs sont du bluff, du pur bluff. Il ne connaît rien à la finance, rien au commerce, rien à rien. C'est un drôle de type, Henry Morton Stanley, son nom est un nom de scène, ses costumes d'explorateur feront le tour du monde, on vendra ses bretelles chez Sotheby's.

Il semble qu'il manque une petite cellule à notre vie, que le sens de notre existence s'échappe par les mailles du tricot. C'est comme si une seule cellule absente interrompait la chaîne des explications. Peut-être Henry Morton Stanley a-t-il traversé des milliers de fois l'océan de ses pensées, prolongé indéfiniment ses séjours dans le rêve afin de trouver dans les couleurs d'un archipassé qu'il ne comprenait pas et dans les algues fabuleuses de sa conscience je ne sais quelle épreuve ou signe. Et peut-être est-il allé tout au fond de la tristesse, au Congo, espérant trouver le même signe, la même trace, et peut-être a-t-il eu l'impression, quelquefois, comme beaucoup d'autres, qu'une toute petite chose se tenait là, juste à côté de lui (encore plus petite que son plus petit malheur), et qu'elle était là depuis le début, muette, fragile.

*

Mais le problème principal, ce n'est pas la vie de *Mr* Stanley, ce ne sont pas ses états d'âme, c'est de définir le bassin du Congo ! C'est de savoir où ça s'arrête le paradis. Bah ! On trouvera bien, puisque *Mr* Stanley l'a découvert, le Congo, alors ! il saura bien dire où il s'arrête. Stanley leur montre des diapositives, les quatorze bonshommes regardent et écoutent. Quatorze nations attentives, c'est quelque chose ! Stanley, un peu cabot, a le mot pour rire, le haussement d'épaule, le charme. La reine Victoria ne l'aime pas, ce qui est bon signe. Il faut dire qu'il est le salarié de Léopold pour mille livres par an, eh oui, il a sans doute, comme n'importe quel chômeur, passé un entretien d'embauche. Avant lui, on avait reçu Gordon-Pacha et Cameron, mais ce fut lui qu'on recruta. Sa mission à la conférence sera de persuader les plénipotentiaires d'imaginer un Congo le plus vaste possible. Une poche géante au milieu de l'Afrique. Juste pour Léopold.

Le roi des Belges était un monarque constitutionnel, voué au protocole ; il ne voulait pas en rester là. Pendant vingt ans, il se démena pour agrandir sa minuscule Belgique. En Europe, les opportunités de s'étendre étaient, pour son pays, inexistantes, il entreprit donc de lui trouver une colonie. Il eut, pour cela, les idées les plus extravagantes ; il envisagea d'abord d'acheter un bout de planète à quelqu'un, n'importe qui ! Il songea à une province de l'Argentine ; elle ne voulait pas vendre. Il eut alors l'idée d'acheter Bornéo aux Pays-Bas. Nenni. Il imagina louer les Philippines à l'Espagne, on verrait plus tard aux moyens de les conserver ; quelques discussions s'engagèrent qui n'aboutirent pas. Son imagination se jeta alors sur la Chine, le Viêtnam, le Japon ; mais une entreprise coloniale dans ces pays requérait des moyens dont sa personne privée ne disposait pas ; car ce n'était pas son royaume, en réalité, qu'il envisageait d'étendre, il n'en avait pas le pouvoir, le Parlement belge et le gouvernement étaient souverains ; c'est donc en tant que Léopold, en tant que titulaire d'un compte courant et de quelques moyens de paiement qu'il méditait ses exploits. Il alla jusqu'à faire un tour imaginaire des îles du Pacifique, peut-être là-bas dénicherait-il un coin où établir sa puissance, mais non, rien, pas même aux Fidji qu'il lorgna quelque temps ; tous les trônes étaient accaparés, la ruée sur le monde sembla un instant achevée, il s'y était peut-être pris trop tard.

Cependant, il ne se décourageait pas ; et, soudain, son attention fut attirée vers l'Afrique, grâce au raffût qu'avaient suscité les explorations de Speke, de Livingstone, puis de Stanley. C'est qu'alors on traversait l'Afrique en tous sens, on voulait découvrir son secret, les imbéciles sources du Nil, savoir où est le cœur de la grande forêt. Mais l'Afrique n'a aucun secret, personne n'en a, nous ne sommes qu'estuaires, deltas et marécages.

Depuis des siècles, les Africains avaient appris à se débrouiller avec les Européens qui traînaient près des côtes ; mais voici qu'à présent des tribus reculées entendaient parler d'eux. On avait beau vivre au-delà des rapides, une rumeur remontait le cours du fleuve. Sur tout le continent, un point d'interrogation commençait de se former et de se dresser tout doucement, comme une menace. Les roseaux agités par le vent semblaient ne rien savoir, le monde était un être ténébreux derrière un masque de lumière. Le mal apparaissait sous la forme des divinités sanguinaires, des morts voraces, des bêtes, mais il n'allait jamais seul, il était toujours accompagné d'autre chose dans sa courbe déclive et fuyante. Son mystère se mêlait à l'herbe mouillée, à une traînée de feu, aux singes qui crient, à la colère, au sexe qui s'élève, à l'orage. Mais le petit Satan qui allait venir n'aurait besoin ni des hyènes, ni des singes, ni des marécages, et il introduirait de l'homme à l'homme une sorte de méfiance.

Cela, les Africains l'ignoraient encore, ça n'avait pour l'instant aucune réalité. Ils étaient bien loin les diplomates de Berlin et leurs projets. Les sociétés privées étaient encore loin elles aussi. Certaines se tenaient pourtant déjà à l'embouchure du fleuve. Il y avait Stanley surtout et cette piste qu'on l'avait chargé de creuser à travers la brousse.

Au départ, Stanley crut sans doute que Léopold souhaitait construire un chemin de fer à travers les monts de Cristal jusqu'à Stanley Pool, et établir une série de comptoirs. A partir de là, le roi se lancerait dans une vaste entreprise commerciale, puisqu'on pourrait remonter le fleuve sur mille six cents kilomètres jusqu'au cœur de l'Afrique. Il se trompait. Tout le monde se trompait, sauf le colonel Strauch et quelques-uns, qui étaient dans la confidence. Les ambitions du roi étaient extravagantes : il ne s'agissait pas seulement d'ouvrir une chatière, de faire un peu de commerce, il voulait créer un Etat. Mais pas un territoire belge, comme il existait déjà des colonies françaises, anglaises ou portugaises, non, une colonie personnelle si l'on veut, un bien foncier, dont il serait propriétaire. Il voulait le Congo pour lui tout seul.

Et cet Etat devait encore être le plus grand possible, et les nègres ne devaient pas y avoir la moindre participation politique, ce serait d'ailleurs moins un Etat qu'une société anonyme ; n'était-il pas plus simple que des sociétés exploitent directement les territoires sous la direction de ceux qui ont l'audace des affaires ? La politique est une vieille lune pour Léopold, un obstacle, du gaspillage ! Une bonne gestion devrait suffire, pas besoin d'encombrer tout ça de politique. Il fallait juste acheter autant de terre qu'il était possible.

Pour parvenir à ses fins, Léopold se ménageait en Europe de nombreux appuis. Il présentait son projet comme une œuvre de bienfaisance et cherchait des alliés du côté des missionnaires, des scientifiques, de toutes les bonnes âmes disponibles. Il était décidé à devenir propriétaire d'une colonie, envers et contre tout, contre les intérêts des puissances coloniales, contre le souhait du gouvernement belge lui-même ; et pour cela, il lui faudrait coloniser tout seul, en nom propre, en tant que simple citoyen. C'était une idée insolite et nouvelle. Jamais personne n'y avait encore songé. Pour cela, il lui fallait être très habile, dissimuler ses motifs et ne faire appel qu'au bon cœur. Il fallait tisser tout un écran de sociétés philanthropiques, d'associations, et leur laisser, en apparence, la direction des affaires. Puis il faudrait bâtir un Etat de papier mâché, simple Kbis. Derrière cet écran, Léopold se tiendrait, tel le Magicien d'Oz.

Dans ce dispositif, Stanley va jouer un rôle capital. En 1878, il passe un marché avec le roi. Le roi finance et lui, Morton Stanley, exécute. Il doit rendre accessible le bassin du Congo. Et pendant que Léopold déniche encore quelques financements de sociétés missionnaires, Stanley se met à acheter, à acheter des terres, autant de terres qu'il peut. On n'a jamais vu ça. Il fait signer des tas de papelards à des chefs africains qui n'y comprennent rien. Tenez ! Signez ! C'est pour le grand polichinelle ! Vendez pour trois perles votre terre, et votre force de travail pour cinq rouleaux de calicot ! Et les rois signent, et s'ils ne signent pas, on les zigouille.

Une fois obtenu son livre d'or, une fois amassées tellement de terres qu'il n'en connaît pas les limites, Stanley s'attaque à la grande forêt. Il fait couper, hacher, tailler les troncs, les tiges, les branches, tout ce qui s'interpose. La piste s'allonge. Le travail est pénible. On recrute de force. Les brouettes de terre glissent sur leurs gouttières de planches, les pioches ripent dans les cailloux. Mais il faut avancer, toujours ; la piste sera de deux cents kilomètres ! Et la forêt est dense ! si dense ! Une immense barrière de chlorophylle, d'ébène, de sipo, d'acajou et de champignons. Il fait une chaleur atroce, et il pleut, et l'humidité est atroce, alors Henry Morton Stanley, le petit gamin de l'orphelinat de Saint-Asaph, avec derrière lui sa blessure secrète, le registre de naissance où il est écrit : "John Rowlands, bâtard", lui le fils d'ivrogne, abandonné, maltraité, sorti tout droit d'un roman de Dickens, qui à quinze ans quitta l'orphelinat et se mit à bosser, lui qui à dix-sept ans embarqua pour l'Amérique où l'on raconte qu'il travailla d'abord pour un négociant de coton, et lui piqua en douce le beau nom de Stanley sous lequel il deviendra célèbre, lui qui avait été soldat confédéré, puis fait prisonnier à la boucherie de Shiloh, et qui, devenu nordiste, déserta et se fit *reporter* puis enfin aventurier, voici qu'il fait fouetter des nègres afin de faire avancer la grande entreprise léopoldienne, voici qu'il se trouve embringué dans un énorme micmac léopoldien, dans un immense crime léopoldien qui le dépasse et le voici en train de faire creuser une piste à travers la forêt à des centaines d'hommes, le voici qui doit les forcer, les tenir, et fonder, grâce à ce travail inhumain, des comptoirs, et avancer dans la forêt en direction de nulle part.

Stanley honnissait l'Afrique en cet instant. Il aurait voulu être à Londres devant un *drink*, mais surtout il rêvait de cette vie de famille qu'il n'avait pas eue, enfant, et il maudissait d'être là, dans la chaleur accablante, emporté par une tâche qui le dépassait, dont il n'avait peut-être pas immédiatement saisi l'ampleur et qui devenait de jour en jour un cauchemar. Et il souffrait et trouvait sans doute aussi du plaisir et à souffrir et à faire souffrir ; et il donna ainsi, à coups de machette, sa première forme à cet Etat. Il avait même cru bon de fonder une ville à la place d'un village du nom de Kintambo. Il lui donna le nom de son employeur : Léopoldville.

Et ce Léopold, qui est-il ? On n'en sait rien. Sur certaines photos, on lui voit un drôle de regard. Une sorte d'œil plus petit que l'autre et plus noir. Il a le front fuyant, pas de cou, les hanches larges, le buste petit. Mais surtout, il est géant. Absolument géant. Une sorte de mammouth. Il envoie directement ses instructions à Stanley. Le bon Stanley n'est qu'un délégué technique, comme on dit de nos jours : un expert. Ça allume un peu notre lanterne à propos des experts.

TOAST

LA CONFÉRENCE dura encore des mois. Il y aurait tant de choses à raconter, mais les détails ennuient. Après bien des pinailleries sur les frontières, bien des finasseries de part et d'autre, la conférence se termina le 26 février 1885. Les dernières séances s'écoulèrent à parler des moyens de lutter contre la traite. Tout le monde était d'accord là-dessus, c'était le grand thème à la mode. Puis Bismarck vint se plaindre de sa santé, il lut un petit résumé des négociations. Applaudissements. On lève son verre. Champagne ! On porte un toast. Et on signe l'acte final. Voilà, c'est fait. L'Afrique possède son acte de notaire.

Alors, brusquement, juste après que les quatorze enfants sages eurent levé leurs verres à la bonté, à la modération, à la prospérité ou je ne sais quel autre démon, il y eut un envol de grues dans le paysage, les sapajous montrèrent leurs dents et les cacatoès firent mousser leurs couleurs.

Soudain, un immense frisson parcourut le monde. Personne ou presque ne le sentit. Pourtant, il irradia les corps, les âmes, les longues chevelures, les ossements. La vague submergea tout. Pas un seul petit morceau de terre ne fut épargné. Les choses n'ont pas de prix, elles roulent hors d'elles-mêmes comme un long sanglot. Il y a une espèce d'étoile au-dessus du monde ; elle indique une crèche en Afrique. Les rois mages se sont mis en route pour aller voir le nouveau-né, ce n'est pas pour se mettre à genoux qu'ils y vont, ils ont bien quelques cadeaux à offrir, mais de la verroterie. Non, les rois mages ne vont rien donner, ils vont prendre. Emus de voir l'étoile, ils partent une nuit. Ça faisait des siècles qu'ils attendaient ça, depuis le début des temps, chaque homme attendait ça. La Mésopotamie l'avait attendu, l'Egypte l'avait attendu, les Phéniciens l'avaient cherché au-delà des colonnes d'Hercule, les Grecs l'avaient cherché jusqu'à l'Hyphase, les Romains l'avaient cherché jusqu'au Danube, les Arabes jusqu'à Poitiers, et les Han, les Mongols aussi l'avaient cherché très loin, et avec eux tant de peuples ! Mais voici que soudain l'étoile se lève. On la voit bien, elle est là, au milieu de nous. Nos désirs pendent à elle, notre soif est intacte, le chemin est là, évident, possible ! Il va nous mettre au monde !

Alors, tous les pays d'Europe ont tapé dans leur casserole, ils ont sauté la haie. L'étoile filait devant eux de toutes parts, à l'est, à l'ouest, au sud, l'étoile devenait folle. "Je ne réussirai jamais à la suivre", se disait-on, mais on la suivait ; et où que l'on allât il y avait une nouvelle terre, où que l'on allât les peuples avaient économisé pour nous pendant des siècles ; ils avaient tout économisé : leur caoutchouc, leur sucre, leur café, leur force, leurs femmes, leurs vies. Oui, tout était à nous. Tout. C'est incroyable. Le cœur est ainsi fait. Quand il plane, il est beau, il est pur, il sent bon ; mais dès qu'il se pose, il pue. Ah ! On saurait maintenant que le Verbe ne s'est pas fait chair, il s'est fait caoutchouc, tabac, charbon, il s'est fait *directorship* de banques, de compagnies de chemin de fer, d'industries ! Financier ! Breloque ! Pignouf ! Roi du Congo ! Oui, partout, il y avait quelque chose de plus grand et de meilleur, de plus beau, de plus désirable : papillon noir, forêt, un champ de coton ; et la vague venait tonner entre les fentes de pierre.

*

J'ignore comment les détails furent réglés. On prit le bateau, on chargea les fusils, les munitions, les toiles de tentes, les gamelles, les haches et tout ce qu'il fallait pour se construire des camps au milieu de la forêt et asservir des peuples. Je ne sais pas comment Strauch ou Lemaire firent leur valise, avant leur long voyage. Sur quel bout de papier note-t-on ce qu'il faut prendre pour bâtir un Etat ? Je ne sais pas. Lemaire avait vingt-sept ans quand il fut nommé à la tête du district de l'Equateur. Il débarque à Banane en 89. Au début, il travaille comme adjoint du commissaire au district des Cataractes. Un an plus tard, il est à Equateurville. Il y reste trois ans. Ses effectifs seront de dix Blancs et de cinq cents Noirs. Et pour toute organisation, il n'a rien d'autre que ça : quelques fusils, quelques livres de comptes.

UN JEUNE LIEUTENANT

LEMAIRE règne sur un immense morceau de vide, le blanc d'une carte. Mais il faut tout de même bouffer ; ses soldats doivent bouffer, toute la petite troupe qui forme l'embryon du nouvel Etat doit bouffer. Alors, on fait venir les chefs de village. On leur cause. Ceux qui ne seront pas amis auront la guerre ; être ami, cela veut dire fournir des hommes et des vivres ; et aussitôt, ça se corse. Quelques chefs tentent de négocier pour éviter le pire, mais les exigences de Lemaire sont exorbitantes. Et voici que les villages prennent feu. Les uns après les autres, ils brûlent. D'abord sur la rive droite du fleuve, cinq villages brûlent. Puis le village de Bakanga est incendié. Quelques jours après c'est le village de Bolobo. Tous les villages irebu brûlent. Ceux de Bokaka et de Moboko brûlent. Ifeko est rasé. Bangi est rasé.

Lemaire parcourt la forêt. Il surgit brusquement avec sa petite troupe armée, exige des hommes, de la nourriture. On palabre. Lemaire menace. Parfois, on se prosterne et on livre son tribut d'hommes et de chèvres. D'autres fois, des flèches pleuvent, les hommes se retirent dans la forêt ; et Lemaire fait mettre le feu aux huttes. Il regarde brûler tout ça avec un fond de tristesse bizarre. Car Lemaire est triste, jeune et triste, il a peut-être été jeté dans tout ça sans comprendre et voici qu'il y trouve à la fois plaisir et horreur, comme il le dira lui-même plus tard, l'horreur est remontée lentement en lui, en secret, mais il a continué à brûler, à tuer, il a pendant quatre ans traversé la brousse et la forêt en tous sens, il a continué à récolter des vivres pour ses troupes, brutal, aveugle. Il a fait son devoir, son affreux petit devoir, il l'a fait avec ses yeux pleins de scrupules et de tristesse, et brusquement, au bout de quatre ans de crimes, sous sa pergola de feuillages, voici qu'un beau matin, au moment où le soleil passe au-dessus des arbres, le petit chef relit un passage de ses carnets, un passage au hasard, il cherche un renseignement sur un village, une note ancienne, et voici qu'il tombe nez à nez avec autre chose, voici qu'il tombe sur une longue suite d'incendies, de pillages, de meurtres, voici qu'il tombe sur une ribambelle de petits cauchemars. "On refuse de me vendre la moindre chose – relit-il – et je ne dispose plus de vivres pour nourrir mes hommes. Aussi menacé-je les indigènes que s'ils continuent de refuser les tissus et les perles que je leur présente, ce seront les armes qui parleront. Je vise un groupe de Noirs et j'abats à 300 mètres un homme. Tous disparaissent. Nous contrôlons cinq pêcheries, et nous y trouvons quatre poules, un peu de manioc et quelques bananes."

Et Lemaire, après quatre ans passés dans la moiteur, après quatre ans de luttes, relisant ce matin-là son journal, sent tout à coup les quatre poules lui remonter à la gorge. Je ne sais pas comment on s'aveugle, ou plutôt si, je le sais un peu, mais je ne sais pas si le crime possède ses propres rideaux de brume et s'il se dissimule comme le reste de nos malheurs. Mais il faut bien que de temps en temps, quelqu'un regrette et passe aux aveux : "Je devins à mon tour chef de district – déclarera-t-il –, pendant un temps, je suivis les exemples reçus, puis, peu à peu, j'en vins à douter de l'excellence de nos procédés : je relus avec horreur mes premiers rapports." C'est là, dans ce sentiment d'horreur avoué que je puise ma petite goutte d'espoir. Oh ! pas grand-chose, juste de quoi reculer à quelques millimètres de l'épouvante, juste de quoi sortir les yeux de la grande carcasse de bête et du sentiment d'oppression, et regarder le réseau de pistes boueuses sillonnant un pays vide et imaginer le jeune homme, Charles Lemaire, sur un sentier de terre au milieu de la forêt. Des soldats noirs le suivent, ils avancent lentement, couverts de sueur. Sur le côté, une lagune scintille. Soudain, Lemaire voit quelque chose, un tout petit frisson à la surface du monde, il s'accroupit et leur fait signe ; on reste immobile. Un homme tient son fusil serré contre lui, prêt à tirer ; chacun retient sa respiration. Cela dure peut-être une minute ; puis c'est une toute petite détonation, presque rien, et un formidable bruissement, une déchirure. Cela semble venir de toutes parts, tumulte, cris. Il fait jour, un jour blanc. Il y a soudain un millier de taches blanches et bleues, nuée de piaillements jaillie de la forêt. Le soleil disparaît, et ce sont des oiseaux ! Des oiseaux partout ! Un soldat pris de peur a tiré, mais on ne lui en veut pas, au contraire ! On assiste à je ne sais quelle naissance, tirés du sommeil, vivants.

Lemaire n'a jamais vu tant d'oiseaux, on dirait qu'on les a réunis là depuis le début des temps afin qu'ils s'envolent, maintenant, tous ensemble. Lemaire avance émerveillé, les trois Blancs qui l'accompagnent s'interpellent en riant, les oiseaux volent très bas, autour d'eux, le ventre tourné sur le ciel, les ailes blanches, jaunes, rouges, bleues ! Ah ! On veut les toucher ! C'est une abondance intérieure, une chose qu'on ne voit jamais. Les hommes crient, même les soldats noirs ! Et puis les oiseaux s'éparpillent ; et l'impression de bonheur se dissipe.

Plus tard, la nuit se met à tomber, lourde, chaude. On arrive près d'un village. Ils ont refusé d'envoyer un délégué au poste. La nuit est de plus en plus noire. Lemaire ne voit rien, ses bottes sont pleines de jus, son visage brille entre les torches. Le premier village est vide, les habitants se sont retirés dans les bois. Lemaire est fatigué, il a oublié les oiseaux de tout à l'heure, il a oublié son petit village de Cuesme, les forêts tout autour, il a oublié ses jeux le long de la Trouille, près des saules, les courses dans les pâturages, il a oublié. L'enfance est pourtant là devant lui tout entière, mais pas sous forme de souvenirs, non, sous forme d'épouvante. Car il a peur. Le Grand Seigneur est là, masque cuit, allongé dans son averse d'étincelles. Les nègres le regardent. Les Blancs aussi le voient, tous le voient à travers leurs yeux épouvantés. Ses ailes rôtissent, son bec grésille, sa peau est noire ! Alors, Lemaire ordonne de tout brûler, il hurle et les nègres courent et glapissent dans leurs langues bizarres, mais Lemaire ne comprend rien et s'en fiche, il hurle dans sa propre langue, la plus bizarre de toutes, il hurle de jeter les torches dans les huttes, de tout détruire, tout, tout, tout !

Et on brûle tout. Des femmes sortent en courant, presque nues, l'une tenant un enfant derrière elle, dans des nœuds de tissus. Les surveillants lâchent leurs fusils ; ils suivent les femmes dans la forêt. Lemaire passe entre les maisons en feu, il ne voit plus rien sans doute, rien que les flammes, et à travers elles le centre des choses, soleil, fumée. Il n'entend pas les cris. Le bois crépite, l'écorce éclate. La forme lentement se débarrasse d'elle-même ; mais le feu trouve toujours un bout de bois, un ballot de tissu, et il se rallume et le Grand Seigneur se tord à nouveau et se calcine. Lemaire a la fièvre, il avance dans la nuit que le feu éclaire, la nuit vide, terrifiante. Soudain, il entend un cri de femme, trois coups de fusil. Puis un cri horrible.

Il en fera, Charles Lemaire, des expéditions punitives ; et après 1893, après deux autres séjours, il finira, je crois, professeur à l'école coloniale. Mais alors, dans sa vie paisible de professeur, je ne sais pas où il mettra tout ça, les coups, les cris, le sang et la puanteur, je ne sais pas où il ira les perdre et les oublier, comme de vilains enfants qu'on ne veut plus voir.

LÉON FIÉVEZ

LE CONGO, ça n'existe pas. Il n'y a qu'un fleuve et la grande forêt. Ça fait quatre-vingts fois la Belgique et même quatre-vingts fois rien, ça finit par faire quelque chose. Aujourd'hui, les villes portuaires du Congo s'appellent Banane, Soyo, Matadi, Moanda – qui connaît ces noms ? Banane ne dispose d'aucune grue en état de marche. Il n'y a là-bas ni chemin de fer, ni route carrossable. On a du mal à imaginer Banane. Pourtant Banane existe vraiment. Le Congo, lui, n'existe pas, n'est rien qu'un fleuve, mais Banane est une ville réelle. Une route y mène depuis Moanda. La nationale 1, la seule route jusqu'à Boma. Au bord du fleuve, des cabanes de tôle et de chiffons, des pirogues. Pas très loin, on pompe du pétrole. On doit y construire un port en eau profonde. On parle d'une entreprise égyptienne et de deux chinoises, mais c'est une coréenne qui rafle la mise.

Reste le fleuve. Le fleuve. Qu'est-ce que c'est, un fleuve ? Un peu de boue et beaucoup d'eau. De l'eau. Cette chose qui coule. Il y a, dans un fleuve, une multitude de vies et de morts, de chemins, une multitude de galets, de sable, de rochers, et tout ça se soutenant seul et formant une grande cicatrice où l'eau coule. Et puis il y a les rives. Au-dessus de ce que nous sommes en secret, il y a les rives, où le fleuve quelquefois déborde, emportant tout ce qu'il peut, mais qui sont d'habitude libres, dans la lumière.

Mais il n'y a pas que le fleuve, il y a aussi la grande idole nocturne. La forêt. Une chose s'y cache, qui est à la fois source jaillissante et plus épaisse que mon corps, plus lourde que la chair. Il y a un moment dans l'angoisse où la lumière est désorientée ; quelque chose nous a devancés dans la solitude. Les grandes lianes, les arbres, les oiseaux, les rayons de lumière qui traversent les branches, et cet endroit, là-bas, que l'espoir ne parvient pas à atteindre ; cette chose nocturne qui se creuse au milieu des couleurs…

La forêt est sous la terre, un endroit où tout est possible, où rien n'arrive. Un secret sur ce que nous sommes. La peur. Une bête que le calme tient endormie. La chair est là, sans s'appauvrir, qui voudrait entrer tout entière dans le soleil. Mais le soleil est sous la terre, dieu obscur, entre les racines, les bulbes et le bois pourri.

*

Après Lemaire, il y eut Fiévez. Le fleuve et la forêt ne l'avaient pas attendu. Les villages, les huttes, les pirogues ne l'avaient pas attendu. Mais il vint, il vint arracher quelque chose à cette terre. A ce fleuve et à cette forêt. On était venu ici pour remplir de petits paniers de sève. Stanley, Lemaire et quelques autres avaient bâti des comptoirs ; il fallait à présent procéder à la récolte du caoutchouc. C'est pour ça qu'on était venu, pour le caoutchouc, et il en fallait le plus possible, et vite ! Car un Etat, même fantoche, même un Etat sans administration, sans écoles, sans hôpitaux, sans rien, ça coûte cher. Le Congo coûtait cher. Il fallait donc lui soutirer son ivoire et son caoutchouc pour qu'il se finance lui-même.

Vinrent alors Fiévez et bien d'autres, de pauvres types désirant s'enrichir à tout prix. Tout alla très vite. En quelques mois, l'horreur monta d'un cran. L'Europe voulait du caoutchouc, c'était alors tout ce qu'elle demandait ; elle se fichait bien de comment ce caoutchouc pourrait être pris, récolté, touillé, filtré, séché ; il lui en fallait sa dose, point barre.

*

On ne sait pas exactement d'où est sortie sa face hideuse ; certains racontent que c'est Fiévez qui l'édicta ; dans son peignoir crème auquel manque un bouton, se tenant devant sa résidence, à moitié ivre, il aurait proféré cette règle intolérable : celui qui tire des coups de fusil doit, pour justifier l'emploi de ses munitions, couper les mains droites des cadavres et les ramener au camp.

Alors, *la main coupée* devint la loi, la mutilation une habitude. On a dit parfois que Fiévez avait été pour Conrad le modèle de Kurtz. Mais Fiévez, le vrai de vrai, est bien pire. Fiévez est au-delà de tous les Kurtz, de tous les tyrans et de tous les fous littéraires. Fiévez est une âme véritable piétinée. Mais qui était-il ? Un de ces meurtriers qu'on utilise, un de ces enfants fous employés par la grande machine.

Fiévez fut une sorte de roi. On n'a jamais rien vu de tel. Un roi au milieu des lianes, exploitant un peuple de fantômes. Le futur existe à peine, le passé n'est rien, le présent est mort. C'est ça : Fiévez. Il entre dans le soleil et il jouit. Il porte en lui quelque chose d'invincible comme le mal. Mais ce n'est pas le mal, c'est le dégoût. Il porte en lui tout le dégoût de soi, et le dégoût lui coule par les manches, par les aisselles, les yeux, la bouche. Il arrive au cœur. Son dégoût est plus épais que le fleuve Congo, plus venimeux que les petits serpents de la forêt, plus affreux que les visages des cadavres.

Fiévez ordonne qu'on coupe les mains. Celles dont les vingt-sept os et je ne sais combien de muscles nous caressent, outil de mesure, pinceau. Car c'est encore avec les doigts qu'on peint le mieux ! C'est elle la confiance, le signe, la paume ! Désormais, si vous ne récoltez pas assez de caoutchouc, les surveillants vous traquent dans la forêt. Il n'y a pas de nuance. Il n'y a que la mort. Je n'en dirai presque rien. Le mal nous blesse inutilement ; et il est ennuyeux.

Quelques mots : on vous attrape et on vous fouette et on vous tue. On se penche sur votre cadavre et on vous coupe la main. C'est tout. Pas besoin d'en dire davantage. Il n'y a pas de mystère Fiévez. Il n'y a pas de Kurtz, pas d'énigme. Le dégoût nous arrive en plein cœur ; on ne sait pas quoi en faire. On est tous prisonniers de l'incroyable, arrachés au trésor.

Quelle enfance a perdue Fiévez ? Je ne sais pas. Quel royaume ? Pour le retrouver ici et le détruire et l'adorer.

Fiévez fait scier tous les arbres autour de sa bicoque afin de tirer des coups de fusil sur les nègres qui passent. Voilà le système Fiévez, le manuel de son âme.

Cela devait tout de même lui faire quelque chose de voir ces paniers pleins de mains. Ou plutôt non, ça ne lui faisait peut-être rien, mais alors rien du tout, et c'était ça qu'il trouvait le plus mystérieux, c'était ça qui le fascinait et l'effarait dans son refuge de lianes. Pauvre Fiévez. Avec ses pièces justificatives pour les munitions employées, ses pièces justificatives faites de peau et d'os, avec cette peur qu'il distille tout autour de lui et son parfum d'étrange cauchemar.

La population baisse. On raconte qu'une fois, on amena à Fiévez en un seul jour 1 308 mains. 1 308 mains droites. 1 308 mains d'homme. Ça devait être bizarre ce tas de mains. On doit d'abord se demander ce que c'est, comme sur cette photographie où des indigènes en compagnie de Harris, un missionnaire, tiennent devant eux *quelque chose*. L'image est incongrue, bizarre. Ils tiennent entre leurs mains *des mains*.

TRISTESSE DE LA TERRE

IL EXISTE peut-être un noyau d'accablement qui se transmet de pauvre en pauvre, de nègre en nègre. Certains réalisent des bénéfices effarants, d'autres triment. Ça n'a jamais été autrement, voilà ce qu'on nous dit. Mais trimer, au Congo, ce n'est pas exactement ça, c'est un peu plus. On est forcé de travailler pour rien. Et le Congo ne va pas au-delà de Léopoldville, il ne dépasse pas les trois chemins boueux qui s'aventurent dans le néant. Léopold II est propriétaire, propriétaire d'un Etat, mais d'un Etat qui est un fleuve, d'un fleuve qui est une forêt. Il est propriétaire d'un Etat sans routes, sans dispensaires, sans écoles, sans rien.

Oh ! je sais ! "Les mentalités n'étaient pas les mêmes !" Pourtant, à cette époque, Marx avait déjà griffonné quelques-uns de ses petits pamphlets redoutables. Il me semble bien qu'il avait adressé aux prolétaires de tous les pays sa grande re-commandation. Tout le monde n'avait donc pas la mentalité de Léopold, non, pas tout le monde, pas tout à fait, pas Marx, en tous les cas, ni Engels, ni le bon peintre Courbet dont la truite ouvre la gueule.

Mais le Congo reste là, tout seul, perdu dans les bidons, autour de quelques belles demeures. C'est juste un camp. Il y a peu de personnel blanc au Congo, et encore moins de Belges. Le pillage peut être sous-traité. Les fonctionnaires sont payés par l'Etat du Congo, mais les recettes profitent au roi des Belges. Tout ça est bien curieux ; et devant une telle indécence on se prend à s'interroger, à se demander si *au finish*, ce gros Léopold, ce géant débonnaire, n'au-rait pas été abusé, illuminé peut-être, naïf ! Comme on y va ! La propriété privée de Léopold, au Congo, fait huit fois la Belgique. Il ne pouvait lui-même qu'être frappé par la disproportion entre sa personne (tout gigantesque qu'il fût) et l'immensité de ses domaines. On n'a jamais vu pareille folie. Ça n'est même pas en tant que roi qu'il rè-gne sur le Congo, non, *il le possède*.

Posséder huit fois la Belgique, c'est tout de même quelque chose. A cette idée, les projets de liberté du commerce et les né-gociations de Berlin prennent une autre couleur. On ne peut plus parler seule-ment de politique, il ne suffit même plus d'évoquer la rapacité des hommes, on est face à autre chose, face à l'embouchure d'un autre Congo, d'un autre Zambèze, encore plus large et plus vorace que le Congo, encore plus avide et écumeux et sombre que tous les Zambèze, Amazone et Niger réunis, on est face à l'embouchure de notre naissance, à l'embouchure de toutes ces occasions qu'on ne veut pas rater. En 1876, Léopold avait organisé une conférence géographique internationale. Des sommités étaient venues. Durant trois jours, Léopold les avait logées dans son palais de Laeken. On les avait débarquées à Ostende avec beaucoup d'égards, un grand banquet les attendait. Le dîner avait été si délicieux, les mets si variés que certains s'en souvenaient encore trente ans plus tard, les évoquant, en France, en Angleterre, en Suède, en Allemagne, devant leurs petits-enfants attentifs et médusés. Oui, on avait bien bouffé, et Léopold avait joué son rôle d'hôte attentif et spirituel. Le séjour avait été parfait. On avait eu les premières loges au théâtre, on avait ri à Marivaux, pleuré à Corneille. Un carrosse nous avait portés d'un coin à l'autre de la ville. A la fin, chacun avait reçu un petit portrait de sa caboche. On avait reçu l'ordre royal de ceci ou de cela, et on était retourné chez soi, bien fier d'être géographe.

Evidemment, il n'y a pas de rapport direct entre le carrosse, les loges de théâtre, le petit portrait à trois sous et je ne sais quel soupçon de marchandage ; et pourtant, si l'on y regarde d'un peu près, ces géographes, eh bien ! on peut penser qu'on les achète.

Ainsi, cette réunion adoptera, à l'unanimité, une amusante résolution : elle crée un comité à but philanthropique, l'Association internationale africaine. Le tour était joué. Léopold avait réussi sa petite réunion. Il avait, comme on dit de nos jours, "vendu son projet". L'aveuglement est une espérance horrible.

*

A mettre le Congo en regard de cet arrangement, on éprouve un étrange malaise. L'intelligence, dit-on, exige des garanties plus grandes ; pourtant, si je veux mettre à côté de ces géographes en habit un nègre du Congo et si je veux, sur la banquette du carrosse, déposer un panier et si, dans le panier, je veux mettre quelques-unes de ces petites mains mutilées que j'ai vues sur les photographies les plus émouvantes du monde, qui peut m'en empêcher ? Et si je veux foutre un portrait du général Wahis, gouverneur général de l'Etat indépendant du Congo et juste au-dessous, comme un clou de ténèbres, la photo de ces enfants amputés que j'ai vue dans un livre, et si je veux, entre les médailles, sur la poitrine de Wahis, sous le regard horriblement triste de Wahis, avec au fond des yeux une chose souillée, défaite, planter l'autre regard, celui de l'enfant, si triste, mais pas de la même tristesse, pas du tout, d'une autre tristesse qui s'enfonce dans le cœur, qui vous fait vous sentir tout petit, bien plus petit que Wahis ne le sera jamais, et vous fait remonter tous les fleuves et vous perdre tout au fond de vous-même et pleurer ?

L'effroi nous saisit en regardant ces photographies d'enfants aux mains coupées, les cadavres, les petits paniers pleins de phalanges, les tas de paumes, l'effroi, mais surtout une peine immense, et cette peine, c'est elle qui rapproche sans le vouloir la photo de Wahis et celles des enfants, c'est elle qui rapproche les médailles et les moignons, c'est elle qui réclame de voir les carrosses, les loges de théâtre, toutes ces babioles jetées à la face des photographies légendaires pour qu'elles les dévorent.

Mais les petits enfants de papier ne dévorent pas les images du passé. Elles restent ce qu'elles sont, désinvoltes, pacotille. Et eux, ils les regardent, indifférents, à travers leurs yeux de papier. Et leurs yeux de papier nous font sentir si fort une chose dedans, qui à la fois étouffe et aspire et crie notre petitesse capable d'énormité.

Mais ces enfants ont un nom, oh un tout petit nom, comme Yoka, le petit garçon de Lyembe, amputé de la main droite, comme Mola, le jeune garçon de Mokoli, aux mains rongées par la gangrène. On les voit sur la photographie de Clark. Ils sont là, avec leurs visages d'enfants et cette tristesse bizarre. Bien sûr, un nom, ce n'est pas grand-chose, c'est tout petit un nom, plus petit encore qu'un visage, et si fragile ! Oui, ce n'est rien du tout un nom de petit garçon, et Yoka, à qui les hommes de Fiévez et la loi de Fiévez ont coupé la main, il se tient devant nous, le visage fermé, et par un petit trou son âme nous regarde. Dieu que ça fait mal une âme ! Que c'est petit et violent !

Tête baissée, il hurle, le petit Yoka, il hurle en silence pour qu'on lui raconte une autre histoire, pour qu'on lui dise, peut-être, que tout cela n'a pas eu lieu, que le Congo n'existe pas, que Fiévez n'existe pas, et qu'il retourne enfin à la rivière. Mais ça ne se peut pas. Et il reste debout, sur sa photographie, la tête baissée depuis cent ans. Et, depuis cent ans, il attend qu'on l'appelle, Yoka, il attend qu'on prononce son nom et que le maléfice se rompe et qu'il retourne voir sa mère. O Dieu, il y a un petit garçon qui vous demande. Venez le chercher maintenant sur cette photographie où on l'a laissé. Venez le chercher entre les paillettes de lumière et cette émotion qu'il donne. Prenez-le, mon Dieu, oui, prenez-le tout entier, tout seul, rien que pour vous ! C'est le petit Yoka, vous savez, et il vous demande la chose la plus simple du monde !

PHARAON DU CAOUTCHOUC

LÉOPOLD fut donc pharaon. Il fut propriétaire de terres et d'hommes. Un
bourgeois pharaon, si l'on veut. Quelque
chose qui ne s'était jamais produit et qui
plus jamais ne se produira. Un pharaon
ne possède pas. Un bourgeois ne règne
pas. Léopold est donc à la fois bourgeois
et pharaon, pharaon du caoutchouc.

Mais on ne fait rien seul, et Léopold a bien
du monde autour de lui, et si l'on jette un
œil parmi tout ce monde, au milieu d'une
foule de clampins, on croit tout à coup voir
double. On voit deux fois la même tête ron-
douillarde, deux fois le même sourire satis-
fait, deux fois les mêmes moustaches qui
remontent ! C'est qu'en réalité, il y a bien
deux types, deux types absolument identiques, absolument solidaires et identiques ;
des frères jumeaux, célibataires endurcis,
hommes de toutes les œuvres intimes, des
gros sous au pot de chambre : les Goffinet.

Et qu'est-ce que c'est que ça : Goffinet ? Deux barbes, deux fronts, deux paires de lunettes, quatre oreilles, une soixantaine de dents, des dizaines de médailles, quatre bras, quatre jambes – un animal. Le tricératops avait trois cornes de vache, il vivait au Crétacé, peinard, derrière une grande collerette osseuse, et le pachyrhinosaure, lézard au gros pif, avec ses trois bosses et son énorme crâne avait lui aussi une drôle de binette, et l'achelousaure, avec son bec de perroquet, ses bosses sur le museau, et l'einiosaure, les deux cornes tournées vers le haut et une troisième vers le bas, ah ! on voit bien que les Goffinet, qui forment à deux un être étrange, ne sont pas si bizarres que ça, et parmi toutes ces mâchoires d'herbivores, celles des Goffinet ne semblent ni spécialement fortes, ni spécialement redoutables, ni comiques. Pourtant, si le tricératops et ses congénères devaient mastiquer des tonnes de fibres chaque jour, les Goffinet, eux, ne se contentent pas de mâchouiller les branches du parc du château de Laeken. Le père, car ces animaux-là avaient un père, et pas n'importe lequel, fut avant eux l'homme de confiance de Léopold, il l'aida dans la recherche de sa colonie et vécut dans une incessante intimité avec lui, assurant l'intendance. Ses fils, les Goffinet, ne feront que reprendre l'affaire ;

l'un sera administrateur de la Compagnie du Katanga et de la Compagnie des chemins de fer du Congo, l'autre gérera la fortune privée du roi ; ainsi, ils suivront cette grande ellipse que leur père a tracée autour de Pharaon, avec à son point d'aphélie le coucher, qui est l'équinoxe du souverain, et à son périgée les moments où Léopold se prenait pour un tricératops, un iguanodon ou je ne sais quelle autre créature fabuleuse capable de croquer la moitié d'un continent.

Eminences grises, négociateurs habiles, les jumeaux dont je parle ne sont cependant ni Vit'a Nimi ni Mpânzu-a-Nimi, ce ne sont pas les fils de l'aïeule primitive du Kongo, non, la famille Goffinet vient gentiment du village des Bulles, posté à une altitude de 320 mètres, ce qui est une montagne pour la Belgique et donna le vertige aux Goffinet. Le village campe au confluent de la Vierre et de la Semois, c'est joli. Le nom du bled viendrait, par le glissement de quelques lettres, des tas de branches qu'on y cramait. On y aurait fait de grands feux – des brûles. Il y a là-bas, de nos jours, cinq cents habitants, autant dire que la densité est presque nulle ; une sorte de Congo, les Bulles, un coin de vieille terre à cochons où tous les Goffinet ont été forestiers avant de devenir *porte*-chambre et *pot de* serviettes.

Bien sûr, les Goffinet, ce ne sont pas des Beauffort, avec deux *f,* ce ne sont pas des Patoul ou des Arschot-Schoonhoven, ce ne sont pas des Crayencour non plus, pas de ces hautes noblesses où le purin a eu tout le temps de se faire feuilles d'acanthe sur son traversin de poussière. Alors ils font ce qu'ils peuvent les Goffinet, ce qu'ils savent faire. Ils participent à toutes les bonnes causes ; ils sont agents immobiliers, par exemple, avec quelques amis, Franz Dewies, le baron de Wouters et deux-trois autres. Ils font construire un gigantesque bâtiment derrière la gare de Bruxelles, qui servira de garde-meubles à toutes les grandes familles du monde. Dès qu'un archiduc, un comte de Paris ou un ministre tombe de son siège et fout le camp, hop ! il fait porter ses meubles là, en lieu sûr. C'est que le XIXᵉ siècle a été turbulent, on a dû faire et défaire et refaire souvent ses valises.

De nos jours, je crois que c'est le holding Cobepa qui possède tout ça, à moins que ce ne soit VDR Properties, ou le groupe Vendôme qui a, dit-on, racheté une part du machin, le service courtage ; mais un certain Armand Blaton aurait, à son tour, repris les agences Vendôme et les aurait incorporées à l'Office des propriétaires, jusqu'à ce que le département gestion soit ventousé par OP Management SA de

J.-P. van der Rest, tandis que le courtage serait resté à l'Office des propriétaires. Mais on raconte encore que le 21 mars 2011 – ouragan des affaires – Jean-Paul van der Rest aurait raflé au groupe Blaton les actifs de l'Office des proprios et les aurait regroupés dans l'OP Management SA ; ainsi les gens s'achètent et se rachètent par morceaux de telle façon qu'on n'y comprend plus rien. Telle société qui appartient à telle personne est rachetée par une autre où elle a également des parts, qui est achetée par une troisième, dont elle fait également partie, et ainsi de suite jusqu'à vous rendre fou.

*

Il paraît qu'à une certaine période de l'année, sans doute au printemps, on a souvent deux jaunes d'œuf pour un. Je veux dire qu'on a deux jaunes par œuf. *Idem* pour les Goffinet. Vous n'en voulez qu'un, un seul homme de confiance, un seul brave investisseur, eh bien non, vous en aurez deux. Vous ne voulez qu'une seule paire de moustaches, qu'un seul ordre de Saint-Tartempion, qu'un seul gros pif, eh bien merde ! vous en aurez deux ! Et on ne fait pas du tout la même chose avec une paire de bigotes qu'avec deux, on ne fait pas du tout la même chose avec un seul tarin qu'avec deux.

Oh ! Je ne sais pas si les Goffinet étaient monozygotes mais je le suppose. Cette naissance double, cette colocation prodigieuse serait alors le premier miracle du règne de Léopold. Evidemment, on peut regretter que Mme Goffinet n'ait pas eu des triplés, voire des quadruplés, que son utérus n'ait pas hébergé plus de monde, et pourquoi pas cinq ou même sept ou huit Goffinet ? Et pourquoi pas même plus de dix, comme des petits chiots ? Mais la nature a ses devoirs et les Goffinet ne furent que deux. Il a suffi d'un seul spermatozoïde et d'une unique cellule pour faire ces deux gros machins. Car, sans qu'on sache bien pourquoi, la cellule de la mère Goffinet s'est aussitôt partagée en deux, formant deux embryons avec chacun sa paire de moustaches.

*

Mais il n'y eut pas que les Goffinet. Là, j'aperçois un ami de Léopold, le comte Brouchoven de Bergeyck. De nos jours, certains Brouchoven ont, semble-t-il, un petit château en Wallonie ; au milieu de son étang, il paraît qu'il offre, d'après le dépliant, un cadre idéal pour un mariage ou un séminaire. Pour un mariage je l'ignore, mais pour un séminaire il y a tout ce qu'il faut : tableau, écran, rétroprojecteur, pupitre, sonorisation. Vous pouvez louer le château, un samedi, ça vous coûtera environ deux milliers d'euros, et vous pourrez, moyennant cette somme, vous prendre un moment pour la bonne reine Marie-Henriette, la femme de Léopold, et peut-être pourrez-vous dormir dans la chambre bleue et rêver, rêver avec tous les Brouchoven du monde que vous possédez quatre millions d'hectares au Congo, ceux que Léopold avait inscrits au nom de son fidèle ami, votre ancêtre, et quatre millions de lianes, de singes, d'araignées, de feuilles vertes, de fruits, de tout ce qu'on peut imaginer de vert et d'humide et de vivant, ça fait beaucoup, même pour tous les Brouchoven du monde, même pour tous les Belges du monde, ça fait un fleuve tortueux et coupé de chutes, de rapides, traversant des montagnes, envahissant les plaines, parsemé d'îles et de bancs de sable, qui enfin se divise en de multiples bras après quatre mille kilomètres de voyage, charriant jusqu'à quatre-vingt mille mètres cube seconde d'eau boueuse.

On peut voir aujourd'hui, si l'on cherche un peu, tout un tas de photographies des Brouchoven et des Bergeyck, nos contemporains, presque tous avec cette allure assurée, cette aisance, cette forme particulière de vulgarité qu'ont les grandes familles, comme si une chose vivait incorporée tout au fond d'elles, et qui rendrait chacun de leurs membres témoin d'une âme. Qu'ils se détrompent. Ils ont tous, qu'ils soient Bergeyck ou Duchmole, un air de famille, mais ils peuvent être de n'importe quelle famille, de n'importe quelle noblesse, de n'importe quelle bourgeoisie bien assise, le premier fils de parvenu leur ressemble déjà, car la lèpre vient vite, il suffit d'un banc de collège, d'une heure de bateau, de quelques matchs de tennis et l'on fait partie de la petite ronde funeste.

*

Mais tout ce caoutchouc, au fait, à quoi ça sert ? Bah ! On en fait des semelles de chaussures, des lacets, des préservatifs, et ce drôle de truc en forme de *donut* qu'on appelle – *un pneu*.

PARADIS

J'AI LU quelque part sur le téléscripteur de je ne sais quelle maison de fous, ou sur le tambour d'une machine à laver, que les morts se moquent de nous et qu'ils nous font croire ce qu'ils veulent, que leurs cadavres ont l'air de dormir et de se tenir bien, mais dès qu'on a le dos tourné ils parlent et nous jouent toutes sortes de tours. Plus tard, ils nous étendent dans l'herbe et ils nous soufflent "Ce n'est rien, je faisais ça pour rire !"

Et Fiévez se tenait ainsi, médusé, depuis qu'il était rentré en Europe, il ne pensait plus aux savanes d'Afrique, à sa bicoque moite, à l'horrible forêt, non, il ne pensait plus ni à cet imbécile de Lemaire, ni aux carottes de maïs qu'il avait bouffées, non, mais à la nuit tombée il sortait, appelé dehors par je ne sais quelle force obscure. Il ignorait son idéal, et dans les W-C des bars, devant les glaces, il pleurait et s'essuyait vite le visage pour que personne ne le voie. Vers minuit, il rejoignait des camarades ; il y avait des filles et de la bière, on s'amusait. Et au matin, lorsqu'il se réveillait le ventre vide et le cul plein de merde – avec une femme qu'il connaissait à peine, dont il avait parfois oublié le nom, et qui finissait par se lever et se rafistoler la figure, avant de laisser sur la table son adresse – il avait honte.

Et chaque soir le voyage reprenait, entre le hasard et chez soi, il tournait en rond, et chaque matin, chaque matin le voyage s'exténuait et chaque matin dans la grisaille et la routine fidèle, dans la brume laiteuse, quand les femmes se tiennent accroupies dans les terrains vagues, pliant les genoux dans l'herbe fraîche, à l'écart des cahutes, et pissent, il se traînait vers sa chambre. Il y a cette immense odeur à travers la ville, cette odeur d'homme et de femme, de fumier de vache, de croupissement d'eau, de flaque, de fumée, et c'est comme si cette odeur avait eu quelque chose de plus à lui dire. A l'aube, les moucherons se réveillent, eux aussi, tout imbus de sommeil, cherchant sur ses bras et dans son cou un peu de sel. Il marche, n'ayant plus de ronds pour le taxi, les jambes lourdes, épuisées ; il se traîne parmi les gardiens du vide, sentinelles froides, aux larmes gelées et que l'haleine des visiteurs égarés fait fondre, vieilles putains ivres, clochards, traîne-savates, ombres chargées d'empêcher les autres hommes de basculer dans le néant.

Les années passèrent. Fiévez fit encore quelque temps le sale boulot, et lorsqu'il revenait en Europe, il traînait des nuits entières et ça lui faisait un peu oublier les horreurs et toute cette boue où il avait vécu. Puis, il quitta définitivement le Congo. Et lui, le petit capitaine d'armée, le fils de fermier, lui qui avait postulé au Congo pour s'y faire un peu de thunes, lui qui voulait bien tout faire sauf reprendre cette saloperie de ferme paternelle, quitta l'Afrique avec un petit pécule et retourna terminer ses jours dans son pays natal. De temps en temps, il allait à Bruxelles, et là, quand il errait dans la nuit, dans la nuit lumineuse de la grande ville – il adorait ça, toute cette lumière sortie du noir –, il traînait son petit corps usé, bouffait un sandwich dans un bar et buvait.

Alors, tandis qu'usé par le travail et le malheur il voudrait bien un peu vieillir et se reposer et oublier cette saloperie de Congo, voici que le chiffon se met tout doucement à effacer le petit énoncé de craie, la petite phrase de sa vie. J'aurais bien voulu la lire ! J'aurais bien voulu réciter quelques-uns de ces petits mots qui ne reviennent jamais. Le professeur de réalité a écrit pour nous tous une petite phrase, oh ! pas grand-chose, juste de quoi se demander où l'on va, qui l'on est, et si les autres nous aiment et jusqu'où ça va. Le professeur nous regarde pendant des années, il espère qu'on apprendra à lire, à épeler la petite phrase, mais ça ne vient pas. On reste muet. Alors le professeur nous montre les mots du doigt, les épelle, nous chuchote la première syllabe, mais nous n'écoutons pas, nous regardons ailleurs, vers nos camarades ou bien par la fenêtre.

Devant lui, malgré la neige, un garçon enfourche sa bicyclette, un copain sur le garde-boue, un autre sur la tige, et hop, on file vers le centre. Mais Léon Fiévez retourne au bar. Il boit un gin, puis deux, puis trois, maintenant enhardi, dégagé des mouvements qui tuent le corps, du travail, longue méditation vide. Et puis on discute, on s'envenime, Fiévez hausse le ton, il est le patron du district de l'Equateur, pas un pauv'mec ! Et puis on se réconcilie, car tout est vain sous le ciel énorme. Après s'être injuriés, on s'embrasse. On ne se connaît que depuis un quart d'heure, mais voilà qu'on s'aime. Il raconte au type son enfance à la ferme, et surtout il lui parle du Congo, de la grande chose qui le tourmente. La chanson est d'abord jolie, et puis elle devient grise insensiblement, maussade, funèbre, mais il la chante jusqu'au bout, jusqu'à ce que le type en ait marre. Alors, le type le laisse, ivre, sentant la friture, les doigts gonflés. Fiévez traîne sous les grands immeubles. Il se demande quelle est sa place sur terre.

Pauvre Fiévez, il se tient dans son petit cercle de l'enfer, le septième sans doute, se mordant lui-même. Ce n'est qu'un exécutant, Fiévez, un agent de l'ABIR, et il faut retrousser un peu son esprit jusqu'au début des choses, entre le champagne et les petits fours, entre les Goffinet et leurs existences de contremaître. C'est là qu'il faut oser *voir*. Le mal n'est pas à la jungle, comme une bête qui serait dans l'âme. Non. Le mal, c'est ce qui dévore, oh ! ce n'est pas une puissance obscure attirante, c'est cette petite chose qu'on entraperçoit, sur certaines photographies, dans le visage de Léopold, c'est la villa Malet, avec ses modillons, sa cascade, les satyres du palais Radziwill, et toute la philanthropie de Léopold. Le mal, c'est ça. Voici les vrais paludes, le masque : la conférence de Berlin et la richesse des nations.

*

Au paradis, nous ne sommes restés que quelques heures. On dit qu'Adam et Eve commirent leur faute aux environs de midi et qu'ils furent expulsés à la nuit tombante. Depuis nous sommes dans la zone grise, la plus peuplée, là où se déversent les travaux des uns et des autres. C'est là que se tiennent les Malet, les Goffinet, les Brouchoven de Bergeyck ; c'est là qu'ils continuèrent chaque jour à accomplir leur devoir (même si nous ignorons la force des scrupules), tandis que Léopold vieillissait, que le vieux Stanley jouissait de sa retraite et que les bienheureux de tous bords poursuivaient leurs affaires. Mais Fiévez, lui, passait ses nuits à boire, il suait, bavait devant son visage mort. Le miroir des W-C était son purgatoire ; mais il ne lavait pas ses fautes, il s'épongeait le front, se rinçait les mains et pleurait. Oui, il pleurait, il passa des années ainsi, à dormir le jour, à traîner et boire la nuit et à pleurer. Il pleurait comme un gros bébé, entre les pissotières et la serviette des lavabos. Il ne voulait pas qu'on le voie, et ça lui venait toujours quand il était seul. C'était devant son visage qu'il pleurait, dans le miroir. Il ne pouvait pas s'empêcher de venir se regarder de temps en temps, et il lui remontait à la gorge tout un tas de tristesses, de regrets, mais tous ne menaient qu'à une seule douleur, une douleur hideuse.

Il hantait les bars, regardait les serveuses tanguer sur le pont, tenant droit leurs larges plateaux, dévouées à quelque méchant dieu idiot qui voulait qu'elles tiennent en équilibre cinq chopes de bière et trois verres de whisky pendant la tempête. C'était la tempête chaque soir. La terre penchait à l'abîme. D'abord, c'était un peu drôle, tout le monde était d'accord, on pouvait se tenir debout et se parler, et puis l'écume entrait dans la bouche et les mots se perdaient dans un nuage d'inexprimable. Parfois, Fiévez aurait voulu passer par-dessus bord, se jeter à la mer et couler, couler, grâce au poids de son immense dépit. Et puis une charité ensorcelée le faisait payer un verre et un autre et encore un autre à un type qui haussait les épaules et ne comprenait sans doute pas grand-chose à ce qu'il disait. Bien sûr, on savait qu'il avait été au Congo, on le savait maintenant depuis longtemps, et dans son dos on prononçait des formules expiatoires : on le rejetait avec un peu de pitié dans un paradis de tristesse. On le retrouvait, plus tard, sur un banc, égaré, les yeux morts, avec un journal sur le ventre et un bout de sandwich par terre. Il mourait. Mais pas subitement, pas *maintenant*, non, il mourait à petit feu, cela durerait une éternité peut-être. Il s'était jeté dans cette fosse à souffrance et il brûlait. Sa bouche brûlait, ses mains rosies brûlaient, son ventre mou, ses jambes torses, tout ça brûlait, et quand il s'adressait à Dieu du fond de sa tourmente inaudible et dont il ne savait plus ce qu'elle était, dont il ne lui restait qu'un unique sentiment de désespoir, il tentait une prière, à genoux à côté de son sandwich, et Dieu l'écoutait, et Fiévez entrait lentement dans la maison du Ciel, sans le savoir ; mais il se relevait avant d'y être tout à fait, n'ayant eu le temps de recueillir qu'un millilitre d'amour (et il lui aurait fallu quelques dizaines de centilitres), les genoux blessés par le ciment, sentant le froid et la saleté à travers le tissu de son pantalon.

Et soudain il maigrit, il se mit tout d'abord à tenir de moins en moins de place. Lui qui avait arrosé le monde de caoutchouc et de sang, il se racrapota chez lui ; et le mal s'aggrava. Il ne pissait plus, et il se mit très vite à cracher du sang. Il vomissait, et puis il chia des glaires, d'horribles masses informes et jaunes.

Et puis il éprouva dans le visage une démangeaison, ça le grattait affreusement, et il grattait et se faisait des croûtes, mais c'était une chose qui le démangeait en profondeur, derrière les joues, dans le front, sous la peau. Un matin, on le retrouva presque mort, la figure rouge, avec au front des traces d'ongles, les lèvres couvertes d'aphtes.

Alors, allongé dans sa maison pouilleuse, voici que la chose lui revient, la petite apostille, et il se revoit pauvre, amer et pauvre, malgré son petit magot. Il n'a rien eu. Rien. Il est toujours le même ! Et, soudain, sentant que tout le Congo et tous ses crimes n'ont pas suffi à l'éloigner d'un pouce de sa ferme miteuse, une lame lui traverse le corps.

La neige fond, le soleil brûle, la peau se tend sur la chair, et ce petit quelque chose qui lui a toujours manqué se trouve là comme une ancienne lettre sur laquelle on retombe par hasard entre les pages d'un livre. Et il tend les mains, Léon Fiévez – comme sans doute nous tous tendrons les mains –, il tend ses grosses mains pour la déplier, la petite lettre, mais ses doigts sont si durs, ses articulations font si mal… Il n'y arrive pas ; il fait un effort, un effort terrible de mémoire, c'est qu'il l'a déjà lue, cette lettre, c'est sûr, n'est-ce pas pour lui, pour lui seul qu'on l'a écrite ? Oui, oui, il l'a lue en son temps, il l'a même sue par cœur ! Mais un soir d'été, au collège de Mons, il l'a oubliée, pst ! fini ! il a tourné distraitement la tête, suivi un instant des yeux une chose qui passait et il l'a oubliée. "Ne me lâche pas des yeux, jamais, ne me lâche pas !" ; il ne l'avait laissée qu'un court instant, mais il l'avait oubliée tout à fait… et la petite phrase écrite par le professeur de réalité s'était tenue là toutes ces années, attendant qu'il se souvienne. Mais il n'avait plus jamais daigné tourner la tête de ce côté-là, plus jamais il n'avait regardé quelqu'un comme il venait de regarder par la fenêtre ; il avait préféré suivre des yeux les méduses immenses, ce flot de grains de sable, quantités légendaires.

Et voici que le moment était venu de se dire adieu. Il éprouvait un sentiment d'intimité et de chaleur. – La chose est encore là, juste à côté de lui ; il la devine à présent, comme on voit chaque jour, dans le miroir, les nouvelles rides sur sa propre figure. Il l'avait oubliée ; comment cela avait été possible ? Il l'avait oubliée et il était parti n'importe où sur la terre et il avait traité tout ça avec tant de désinvolture… Sa tête était lourde maintenant, si lourde ! Son corps était de nouveau cette masse épaisse, insensible… mais la chose est là, intacte, fidèle, comme si elle avait été témoin de toute sa vie, comme si elle avait veillé sur lui et l'avait regardé vivre en silence. Maintenant, la chose le regardait encore, ayant l'air de lui dire : "Alors, n'était-ce pas comme je disais ? N'étaient-ce pas les mêmes couleurs, les mêmes formes, la même éternité d'une heure ?"

Soudain, il vit un nègre, puis un autre et encore un autre, et il vit toutes sortes de visages connus et inconnus, et il sentit le fétide de son haleine. Est-ce donc que je suis mort ? Un visage se pencha vers lui, comme les fous scrutent de trop près ce qui retient l'attention des autres, afin de comprendre ce qui les étonne ou les émerveille. Alors, Léon, devant cette figure grotesque et menaçante, eut un mouvement de recul. La figure se tenait trop près, collée à son visage, et le mourant vit une bouche affreuse, l'eau noire d'un fleuve énorme – œil mort. Il cria. Les voisins accoururent. On ne comprit pas. La tête de Fiévez retomba. La chose à ses côtés s'était penchée sur lui comme pour le tondre.

Il gémit un peu, les voisins s'écartèrent, fixant les mains du mourant. Est-ce qu'ils la voyaient, eux, cette signification perdue de tous, négligée, et qui se débattait à présent entre les doigts maigres comme des baguettes de tambour ?

Brusquement, la fièvre monta. Les muscles se raidirent. Il lui sembla que tout son corps se déchirait. Son cœur se mit à battre. A battre comme il n'avait jamais battu. Il regarda par la fenêtre, il faisait nuit. Le ciel était froid. Soudain, il sentit que toute émotion le quittait, que plus jamais il n'aurait le sentiment d'être seul et mort. Il lui sembla qu'il s'éparpillait puis se regroupait, une fois, deux fois, trois fois, une petite flamme lui passa devant les yeux ; et il éprouva un vide immense, un affreux pincement de cœur. Puis comme une petite voix lui disait de ne rien regretter, qu'il aurait seulement fallu aimer, oui aimer infiniment, il sentit un immense soulagement. "Je n'aurais pas su", dit-il.

Alors, on glissa à la place de son oreiller une pierre nue, à la place de ses draps un tapis de terre humide, à la place de son lit un trou noir. C'étaient le trou noir de la conscience, la terre humide de nos malheurs et la pierre nue de nos vérités.

*

Dieu, avec tes yeux larges et tes longues dents, avec tes doigts de chauve-souris roulés dans la chair, Dieu, sorti sans bruit de sous la terre, monté par les degrés caillouteux, les mains ensanglantées, Dieu, brûlant au fond des êtres comme la laine, vieux visage solitaire derrière sa ramée de feuilles, Dieu muet, chuchotant doucement dans les épines de pin, orée, coasse ! Dieu, lèvres mordues, gorge étranglée, où sont les cavernes de tes naissances où l'homme effleure ton corps parfait, dis-moi, où se trouve le bruit de tes pas, l'haleine de ta gueule ? O ! Miroir mensonge, pourquoi t'être montré aux uns sous la forme d'un juif, les mains clouées, aux autres sous la forme d'un crapaud-buffle, aux autres comme une courge ou une racine de haricot ? Dieu, translittération d'un mot, d'un nom, dont la peau est si dure, le noyau si vide, la solitude si grande, qu'aucune langue ne sait dire ! Dieu, flocon de crâne ! corbeille à fruits, ivoire, poil de pinceau ! Laisse-moi te carotter quelques petites mottes de sourire, laisse-moi te filouter, que je vive un peu dans ma tombe, une fois épuisées toutes mes voies de recours, condamné, laisse-moi me beurrer les tifs avec le miel, m'épousseter les os ; et tandis que les vers me massicoteront les ailes, je voudrais s'il te plaît reluquer une demi-seconde ta gueule de crapaud-buffle dans ton profil de courge, les bras crucifiés sur ton igname ! Vaps ! Congo !

à Sandrine Vuillard

TABLE

BABEL

OUVRAGE RÉALISÉ
PAR L'ATELIER GRAPHIQUE ACTES SUD
REPRODUIT ET ACHEVÉ D'IMPRIMER
EN OCTOBRE 2019
PAR NORMANDIE ROTO IMPRESSION S.A.S.
À LONRAI
POUR LE COMPTE DES ÉDITIONS
ACTES SUD
LE MÉJAN
PLACE NINA-BERBEROVA
13200 ARLES

DÉPÔT LÉGAL
1re ÉDITION : AOÛT 2014
N° d'impression : 1905015
(Imprimé en France)